© Pour la création, le scénario et les illustrations:
A.M. Lefèvre, M. Loiseaux, M. Nathan-Deiller, A. Van Gool
Direction éditoriale: CND International
Maquette de couverture: Yann Buhot
Edité et produit par: ADC International - 1998 Eke Nazareth, Belgique

ISBN 2-7625-1345-6

Bambi

illustré par

"''VAN GOOL'''

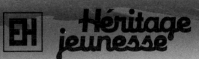

Dans la forêt, ce matin-là, les oiseaux chantaient
à tue-tête. Quel spectacle les rendait si bavards ?
Couchée sur un tapis de mousse, madame Biche venait
de mettre au monde le plus charmant des petits faons...
— Quel bel enfant ! siffla la pie, admirative. Le voilà déjà
qui veut se dresser sur ses pattes !
Bambi ouvrit grand les yeux, mais il y voyait mal encore.
Et se tenir debout était si difficile... Il valait mieux rester
au chaud contre sa mère, et se laisser bercer par sa voix.
— Bambi, murmura maman, mon joli Bambi.
Et elle le lécha à grands coups de langue.

L'été venu, la forêt est un immense palais vert sous son toit de feuilles. Bambi avait vite appris à trotter. Depuis plusieurs semaines, il accompagnait sa mère en promenade. Et il s'inquiétait dès que la biche s'éloignait trop de lui.

— Pourquoi suivons-nous ce sentier ? demandait-il, pour qu'elle l'attende.

— C'est notre sentier à nous, mon fils.

— À nous deux ?

— À nous, la famille des cerfs, corrigea maman. Ton père, tes tantes, tes oncles, tes cousins... Tu les verras, bientôt.

Et Bambi posait encore mille questions sur les fleurs, les oiseaux, et toutes ces odeurs qui chatouillaient son museau.

Bambi était tombé nez à nez
avec un animal inconnu.
— C'est un furet, expliqua
sa mère. Il tient dans sa
gueule un petit rat des bois,
qu'il emporte pour son dîner.
Bambi eut l'air dégoûté.
— Est-ce que nous aussi,
nous devons tuer des rats
pour manger ?
— Mais non ! dit sa mère,
que la question de Bambi
fit sourire. Les cerfs
se nourrissent d'herbe
et de feuillage, voyons !

Justement ! Que venait d'apercevoir Bambi, au bout du sentier ? Une grande clairière d'herbe tendre ! Comme elle paraissait appétissante ! Le faon s'élançait déjà...

— Attention ! cria sa mère, derrière lui.

Inconscient du danger, Bambi s'arrêta net, surpris.

— Viens près de moi, dit simplement la biche. Et fais comme tu me vois faire...

Son petit contre elle, la biche se tenait au bord de la clairière. Longtemps, elle huma l'air et épia chaque bruit. Elle était sûre, à présent, qu'il n'y avait ni chasseurs ni animaux dangereux près d'ici.
— Allez, va, amuse-toi, avait-elle dit.
Mais elle restait aux aguets.

Qu'il faisait bon courir au soleil et se rouler dans l'herbe !
— Tiens, une fleur qui vole ! s'étonna Bambi, en admirant
deux ailes bleues qui s'agitaient autour de lui.
— Soyez poli, petit ignorant ! grogna le papillon, vexé.

Au sol, c'était plein de petites bêtes affairées. Celles-là, toutes noires et la taille si fine, transportaient des graines plus grosses qu'elles.

— Ces fourmis font leurs provisions ! expliqua maman.

Puis, une herbe bizarre sauta entre les pattes de Bambi.

— Ceci, c'est une sauterelle, que tu as effrayée.

— Effrayée ? dit la sauterelle d'une voix pointue. N'exagérons rien. Je suis prudente, c'est tout.

La mère de Bambi le ramenait souvent dans le fourré
où il était né. Elle se couchait là, attentive et calme,
écoutant ce qui se passait alentour.

— Ici, le vol des oiseaux, le bruit des branches, les odeurs,
tout nous prévient du danger.

Leur meilleur ami était un lièvre, et la biche disait de lui :

— Il sait bien des choses. C'est qu'il n'a pas la vie facile !

Bambi trouvait les paroles de sa mère bien mystérieuses.

Un beau jour, en se rendant à la clairière au coucher du
soleil, Bambi et sa mère rencontrèrent tante Ena et ses
deux faons. Bambi avait enfin des compagnons de jeux !
— Mon cousin Gobo est vraiment trop craintif, jugea-t-il
bientôt. Il a même peur d'un hérisson !
Heureusement, Faline était tout le contraire de son frère.

Une nuit, les trois faons assistèrent à un spectacle extraordinaire : dans la clarté de la lune, au loin, passèrent de fiers animaux qui ressemblaient beaucoup à leurs mères... Mais ils avaient de grands bois sur la tête !
— Ce sont vos pères les cerfs, dirent les biches. Quand Gobo et Bambi seront grands, ils porteront des bois aussi !

Bambi grandit, toujours
plus vif et décidé.
— Tu peux te promener sans
moi, à présent, lui dit sa mère.
Seulement, sois prudent,
et ne t'éloigne pas trop !
Et Bambi s'aventura seul,
même la nuit, quand la forêt
s'agite d'une vie secrète.
La chouette l'impressionnait
un peu, mais il savait qu'elle
n'était pas dangereuse.

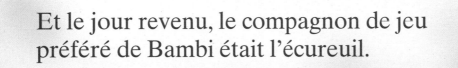

Et le jour revenu, le compagnon de jeu préféré de Bambi était l'écureuil.

Ce matin-là, Bambi était allé
trop loin. Il ne retrouvait plus
sa route. Comme il aurait
voulu humer l'odeur de sa
mère... Mais celle que le vent
apportait lui était tout à fait
inconnue... C'était l'odeur
de cette bête, là-bas,
qui marchait sur ses pattes
de derrière ! Elle venait
de sortir une cinquième patte
de son dos et la tenait droit
devant son œil...
Bambi détala, affolé.

Bambi courut longtemps,
sans savoir où il allait.
Enfin, il sentit la présence
de sa mère près de lui.
Mais quand la biche vit
la terreur de son faon,
ses yeux se remplirent
d'effroi :
— C'était Lui ? Tu l'as vu ?
— Qui ça, Lui ? gémit
Bambi à bout de souffle.
La biche ne répondit rien.
Mais un long frisson
la parcourut…

De plus en plus souvent, en revenant de ses promenades, Bambi ne trouvait plus sa mère dans le fourré. Quand elle était là, il se couchait contre elle pour se faire câliner, et elle le laissait faire un moment. Puis elle disait :

— Bientôt, il faudra que tu sois plus indépendant !

Et, un jour qu'il la cherchait partout et l'appelait, c'est un grand cerf qui se montra :

— Pourquoi pleures-tu ? Ta mère est occupée ailleurs.

Ce beau cerf au col gris lui avait parlé avec beaucoup de douceur. Bambi ne voulut pas passer pour un lâche.

— Je n'ai pas peur, répondit-il. Mais je voulais savoir où était ma maman.

Le cerf répondit seulement :

— Maintenant, tu dois apprendre à écouter, à sentir et à regarder pour toi seul.

Bambi ne résista pas à lui poser la question qui l'obsédait :
— Quel est cet étrange animal à cinq pattes que ma mère semble craindre plus que tout ?
— Observe par toi-même, dit le cerf. Nous nous reverrons.

Chaque jour, le vent dénudait
les arbres un peu plus.
Bambi s'amusait à faire voler
sous ses sabots les feuilles
qui jonchaient le sol.
«Observe», lui avait dit le cerf.
Alors, Bambi voyait qu'avec
l'automne, le ciel et la forêt
avaient changé de couleurs.
Et d'odeurs, aussi. Comme
il était fort et agréable,
le parfum de la terre mouillée !
Mais Bambi détestait
les orages car le tonnerre
et les éclairs le terrorisaient.

Enfin arriva une chose dont ni sa mère ni personne n'avait jamais parlé à Bambi ! Quand le jour s'était levé, le faon, ébahi, avait regardé autour de lui : la forêt tout entière semblait s'être effacée ! Le froid lui picotait le dos, et il partit au galop, tout excité, à la recherche de Faline et Gobo. Mais ses cousins n'en savaient guère plus que lui...
— La neige, déjà ! grommela le corbeau à son amie la pie.
— Voyez ces faons, comme ils s'en étonnent ! lui cria-t-elle.

Le bruit des sabots était curieux dans la neige ! Et comme c'était amusant de happer les flocons qui flottaient sous votre museau ! Mais Bambi se posa aussi une question grave : comment trouver sa nourriture, sous ce tapis blanc ?

Quand tout devient trop difficile, il faut que les grands aident les plus jeunes. L'hiver avait regroupé la famille des cerfs. Bambi voyait plus souvent sa mère.
Mais, dans le troupeau, il suivait plutôt son cousin Ronno... Ronno avait un an de plus que lui et portait déjà de jeunes bois sur la tête ! Bambi était plein d'admiration.

L'hiver devint moins rigoureux, et la neige se mit à fondre.
Mais c'était maintenant que le danger était le plus grand !
Souvent, au loin, la forêt retentissait de bruits
redoutables... Chacun s'arrêtait et dressait l'oreille.

Les coups de feu claquèrent tout près, cette fois.
Et quand les faisans, effrayés, s'envolèrent, Bambi en vit
un retomber comme une pierre, juste devant ses sabots !
— Cours, Bambi ! vite ! les voilà ! lui cria sa mère.

Le silence revint un moment,
puis, brusquement, toutes
les bêtes de la forêt détalèrent
ventre à terre. Bambi fila
comme le vent...

Pauvre Bambi ! Quand il s'arrêta, il sut qu'il ne reverrait plus ni sa mère ni Gobo. Il les avait entendus, derrière lui, rouler à terre sous les coups de feu...

Au printemps suivant, Bambi n'était plus un faon. C'était un jeune cerf, à présent : ses premiers bois avaient poussé sur son front ! Et Faline, sa jolie cousine, n'était pas la dernière à le voir ! Aussi, plein de courage, Bambi n'hésita pas à batailler de la corne, quand le grand Ronno voulut s'approcher d'elle. Il gagna le combat et l'amour de Faline.

— Faline m'appelle ! se dit
Bambi, ce matin-là,
en entrouvrant un œil.
Aussitôt, le cœur battant,
il s'élança droit devant lui…
Mais le vieux cerf, son père,
apparut sur son chemin :
— Du calme, jeune fou !
Sans un mot de plus, le cerf
conduisit Bambi à l'endroit
d'où venaient les appels :
un chasseur, les mains
sur la bouche, était en train
d'imiter le cri de la biche !
— C'est là un piège vieux
comme le monde ! murmura
le cerf. Je te l'ai déjà dit,
Bambi : il faut observer
et réfléchir un peu plus !
« Comme la vie est longue à
apprendre… », pensa Bambi.

Un jour Bambi eut bien du mal à en croire ses yeux :
Gobo, oui, Gobo qu'on croyait mort, était revenu !
— Quand j'ai été blessé, raconta Gobo, les chiens m'ont
entouré en grognant. C'était effrayant... Mais, ensuite, un
des chasseurs m'a emmené chez lui et m'a soigné. Si vous
saviez comme les hommes ont des enfants caressants !
Et Gobo montra, très fier, le collier qu'on lui avait mis.

Cette histoire préoccupa Bambi : Gobo affirmait, maintenant, que tous les hommes étaient ses amis ! Bambi alla voir le hibou, qui savait tout des habitants de la forêt, pour qu'il l'aide à trouver son père.

— Que faut-il penser de ce que dit Gobo ? demanda alors Bambi au vieux cerf.

— Qu'en penses-tu, toi ? rétorqua son père.

— J'ai peur pour Gobo...

— Alors, je n'ai rien à t'apprendre. Fais confiance à ton instinct.

Oui, la naïveté de Gobo allait lui coûter cher... Quand
l'automne fut de retour, les chasseurs revinrent et
le jeune cerf, au lieu de fuir, s'avança au-devant d'eux !
Le premier coup de feu le coucha, mort, sur l'herbe...

Gobo avait été une proie trop facile, et les hommes
poursuivirent leur chasse. Vers le soir, alors qu'il
sautait un fossé, Bambi sentit une brûlure à l'épaule...

Bambi trébucha et roula sur le flanc. Mais son père l'avait vu et vint vers lui :

— Courage, mon fils, relève-toi ! Tu ne peux pas rester là, leurs chiens vont te trouver ! Et le vieux cerf entraîna son fils, loin, loin, se cacher dans un fourré. Bambi le suivit, en boitant sur sa patte malade. Il fallut bien des semaines pour que sa blessure guérisse. Aussi son ami l'écureuil venait-il le distraire de temps en temps.

Au printemps, Bambi était guéri.
— Maintenant si tu me suivais, je te
repousserais, dit son père. Plus les cerfs
sont vieux, plus ils aiment la solitude.
Tout triste, Bambi le regarda s'éloigner.
Il savait qu'il ne le reverrait jamais...
Mais il redressa ses nobles bois de deux
ans : c'était Faline, là-bas ! Bambi était
plus amoureux que jamais...

Les mois passèrent. C'était
la fin de l'été. En passant
près d'un fourré, Bambi
entendit deux faons qui
réclamaient leur mère.
— Elle est occupée, leur dit-il,
doucement. Il faut apprendre
à vous passer d'elle !
Mais les petits portaient
l'odeur de Faline,
et Bambi sut qu'il devrait
garder l'œil sur eux...